Gan Dynnu o'r Ffynnon
Drawing from the Well
Ag Tarraingt ón Tobar

Rowan O'Neill

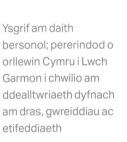

T0002080

Ysgrif am daith bersonol; pererindod o orllewin Cymru i Lwch Garmon i chwilio am ddealltwriaeth dyfnach am dras, gwreiddiau ac etifeddiaeth

Cyfrol 5 yn y gyfres:
Ffynhonnau Sanctaidd Llwch Garmon a Phenfro

Cysylltiadau Hynafol | Llwybrau Pererindod Llwch Garmon a Phenfro | Parthian Books

An essay describing a personal journey; a pilgrimage from west Wales to Wexford seeking a deeper understanding of ancestry, roots and inheritance

Volume 5 in the series:
Holy Wells of Wexford and Pembrokeshire

Ancient Connections | Wexford-Pembrokeshire Pilgrim Way | Parthian Books

Aiste ina gcuirtear síos ar aistear pearsanta: oilithreacht ó iarthar na Breataine Bige go Loch Garman ar thóir tuiscint níos doimhne ar an dúchas, ar fhréamacha agus ar an oidhreacht

Imleabhar 5 sa tsraith:
Toibreacha Beannaithe Loch Garman agus Sir Benfro

Ceangal Ársa | Bealach Oilithreachta Loch Garman agus Sir Benfro | Parthian Books

Cyfrol 5 yn y gyfres:
Ffynhonnau Sanctaidd Llwch Garmon a Phenfro

Mae ffynhonnell ddibynadwy o ddŵr glân yn hanfodol i unrhyw gymuned, felly nid yw'n anodd deall pwysigrwydd ffynhonnau i bobloedd cyn-fodern. Yr hyn sy'n fwy cymhleth yw'r berthynas gyfriniol mae dynol ryw wedi'i datblygu â'r safleoedd hyn a ystyriwyd yn rhai cysegredig hyd yn oed cyn dyfodiad Cristnogaeth. Cyfres o bum llyfryn sy'n dathlu ffynhonnau sanctaidd mewn dwy ardal â hynafiaeth a hanes cyffredin yw *Ffynhonnau Sanctaidd Llwch Garmon a Phenfro*. Ers yr Oes Efydd ac efallai ynghynt, bu teithio dros y môr rhwng y ddwy wlad yn fodd o rannu traddodiadau ac enwau cyffredin sy'n gysylltiedig â ffynhonnau'r ddwy ardal. Mae'r hen gyfeillgarwch rhwng dau sant Cristnogol cynnar yn arwyddocaol hefyd: Dewi a ddaeth yn Esgob cyntaf ar Dyddewi; ac Aeddan a aned yn Iwerddon ond a dreuliodd amser yng Nghymru cyn sefydlu mynachlogydd yn Iwerddon, gan gynnwys un yn Ninas Gwernin. Mae ffynnon wedi'i chysegru i Dewi yn Bearna na hAille (Oilgate), Llwch Garmon ac mae ffynnon wedi'i henwi ar ôl Aeddan ym Mhorth Mawr ger Tyddewi. Mae pob un o'r pum llyfryn yn ymdrin â'r pwnc o safbwynt gwahanol, gan gynnwys ffuglen, barddoniaeth ac ysgrifau yn ogystal â ffotograffau a phrintiau.

Mae Cyfrol 5 yn mynd â ni ar daith bersonol; pererindod o orllewin Cymru i Lwch Garmon i chwilio am ddealltwriaeth ddyfnach am dras, gwreiddiau ac etifeddiaeth. Beth sy'n cael ei drosglwyddo o genhedlaeth i genhedlaeth? Llun? Cân? A beth sy'n mynd ar goll neu'n cael ei anghofio ar hyd y ffordd? Yn *Gan Dynnu o'r Ffynnon*, mae Rowan O'Neill yn teithio gyda dŵr a gasglodd o ffynnon ger yr eglwys lle cafodd ei bedyddio, gan chwilio am le addas i'w arllwys, lle sydd ag ymdeimlad o gysylltiad ac ystyr.

Volume 5 in the series:
Holy Wells of Wexford and Pembrokeshire

A reliable and clean source of water is essential for any community, so it is easy to understand how important wells were for pre-modern peoples. More complex is the mystical relationship humans have developed with these sites, which are imbued with a sacredness that predates Christianity. *Holy Wells of Wexford and Pembrokeshire* is a series of five chapbooks celebrating holy wells in two regions with common ancestry and history. Since at least the Bronze Age, sea travel between these two lands has meant cross fertilisation of traditions and common names associated with wells of both regions. Of significance is the long-standing friendship between two early Christian saints: David, who became the first Bishop of St Davids; and Aidan, born in Ireland, who spent time in Wales and then founded monasteries in Ireland, including at Ferns. In Oilgate, Wexford, there is a well dedicated to David and, at Whitesands near St Davids in Pembrokeshire, there is one named after Aidan. Each of the five books approaches the subject from a different perspective, including fiction, poetry and essays as well as photographs and prints.

Volume 5 takes us on a personal journey; a pilgrimage from west Wales to Wexford seeking a deeper understanding of ancestry, roots and inheritance. What is passed from generation to generation? A photo, a song. And what gets left behind or lost along the way? In *Drawing from the Well*, Rowan O'Neill travels with water collected from a well next to the church where she was baptised, looking for a place to pour it, a place of connection and meaning.

GAEILGE

Imleabhar 5 sa tsraith:

Toibreacha Beannaithe Loch Garman agus Sir Benfro

Bunriachtanas do phobal ar bith foinse ghlan iontaofa uisce, mar sin is furasta a thuiscint a thábhachtaí a bhí toibreacha do lucht an tseansaoil. Rud níos casta is ea an ceangal misteach a d'fhorbair idir daoine agus na háiteanna seo lena mbaineann naofacht is sine ná an Chríostaíocht. Sraith cúig leabhrán é *Toibreacha Beannaithe Loch Garman agus Sir Benfro*, sraith ina ndéantar céiliúradh ar na toibreacha beannaithe atá sa dá réigiún sin ag a bhfuil oidhreacht agus stair choiteann. Ón gCré-umhaois i leith, ar a laghad, de bharr na dturas farraige idir an dá réigiún, cros-síolraíodh agus scaipeadh seanchas agus cáil na ndaoine a luaití leis na toibreacha sin. Tá tábhacht ar leith leis an gcairdeas buan idir beirt naomh den Luath-Chríostaíocht: Dáibhí, céad easpag Tyddewi; agus Aodhán, a rugadh in Éirinn, a chaith seal sa Bhreatain Bheag agus a bhunaigh mainistreacha in Éirinn, ceann i bhFearna san áireamh. I Maolán na nGabhar, Contae Loch Garman, tiomnaíodh tobar beannaithe do Dháibhí agus in aice Porth Mawr in Sir Benfro ainmníodh tobar eile as Aodhán. Téann gach leabhrán i ngleic leis an ábhar ar bhealach éagsúil – ficsean, filíocht, aistí, grianghraif agus priontaí uile san áireamh.

Aistear pearsanta atá in Imleabhar 5: oilithreacht ó iarthar na Breataine Bige go Loch Garman ar thóir tuiscint níos doimhne ar an dúchas, ar fhréamhacha agus ar an oidhreacht. Cad a chuirtear ar aghaidh ó ghlúin go glúin? Grianghraf, amhrán. Agus cad a chailltear nó a ligtear i ndearmad? In *Ag Tarraingt ón Tobar*, téann Rowan O'Neill thar lear le roinnt uisce a bhailigh sí in aice na heaglaise inar baisteadh í, agus áit chuí chumhachtach á lorg aici lena dhoirteadh.

Gan Dynnu o'r Ffynnon

Ers amseroedd cyn-Gristnogol mae pobl wedi teithio i ffynhonnau
er mwyn cael iachâd. Gyda dyfodiad y ffydd newydd cyplyswyd
sancteiddrwydd ffynhonnau gyda'u lleoliad gerllaw safleoedd eglwysig
megis mynachdai. Mae hynny am resymau materol efallai, oherwydd
bod angen dŵr ar gyfer bywyd beunyddiol. Mae 'na syniad hefyd
bod ffynhonnau wedi dod yn bwysicach fyth fel safleoedd sanctaidd
oherwydd bod angen dŵr ar gyfer y ddefod Gristnogol o fedyddio.[1] Wrth
ymchwilio i hanes ffynhonnau sanctaidd yng Nghymru ac Iwerddon
darllenais bod ymweliad ag ambell ffynnon yn gallu digwydd ar y cyd ag
ymweliad â ffynnon arall, gan adlewyrchu cred bod y trigolion yn gweld
lles pawb yn gysylltiedig â'r ffordd maent yn trin eu ffynhonnau. Gallai
ffynhonnau unigol gael eu cysylltu â ffynnon arall yn yr ardal, ffynnon
mewn ardal arall neu hyd yn oed â ffynnon mewn gwlad arall.[2] Darllenais
hefyd am draddodiad yng nghyd-destun bedyddio o gasglu dŵr o'r
ffynnon gerllaw'r eglwys er mwyn llenwi'r bedyddfaen. Wrth i'r dŵr cael ei
gario roedd emynau yn cael eu canu.[3]

   Ym mis Mehefin 2022 teithiais dros Fôr Iwerddon o ogledd Sir Benfro
i ogledd Llwch Garmon. Roeddwn yn cario ar fy nhaith, botel fach o ddŵr
yr oeddwn wedi ei gasglu o ffynnon gerllaw eglwys yn Sir Benfro sydd
wedi ei chysegru i Dewi Sant. Hon oedd yr eglwys lle cefais fy medyddio.
Mae gen i lun o'r achlysur. Mae'r llun wedi cael ei dynnu tu fas i'r eglwys.
Yn y llun rwy'n cael fy nal ym mreichiau fy nhad-cu ar ochr fy mam ac yn
ei ymyl mae fy nhad-cu arall yn sefyll – yr unig lun sydd gen i o fy nhad-cu
Gwyddelig, Denis Joseph O'Neill. Roeddwn hefyd yn teithio i Iwerddon
gyda chân yn fy mhen, baled o'r enw Boolavogue. Mae'r faled yn adrodd
hanes y Tad John Murphy a ymunodd yng ngwrthryfel 1798 gyda'r *United*

Irishmen a gyhoeddodd weriniaeth fyrhoedlog yn Llwch Garmon wedi cyfres o frwydrau. Cafodd y Tad ei ladd yn Tullow, Sir Carlow wedi iddo gael ei ddal ar ôl colli brwydr Bryn Finegr. Gadawodd Denis Joseph O'Neill Tullow, Carlow yn y 1940au ac ni ddychwelodd i Iwerddon. Cariodd e'r gân yma ar ei gof a throsglwyddodd hi i mi – adlais prin o fy etifeddiaeth Wyddelig. Gellir ystyried bod baled yn emyn hefyd.

Cyn gadael Cymru yr oeddwn i wedi ymweld â sawl ffynnon sanctaidd yng ngogledd Sir Benfro. Ymhlith y rhai y ceisiais eu darganfod roedd yn amlwg nad oedd pobl yn ymweld â llawer ohonynt yn rheolaidd ac nad oedd neb yn edrych ar eu hôlau. Roedd y sefyllfa dipyn bach yn wahanol yn Llwch Garmon. Yn ei lyfr *The Little Book of Wexford* mae Nicky Rossiter yn nodi bod o leiaf 120 o ffynhonnau sanctaidd yn y sir.[4] Yn Llwch Garmon ymwelais â sawl ffynnon; yr oed un wrth ymyl ffordd Sant Columbanus sydd yng nghanol coedwig ar y ffin rhwng Llwch Garmon a Carlow. Yr oedd un ar lwybr ar draws cae o farlys, gyda'r llwybr wedi ei greu trwy chwistrellu'r cnwd. Yr oedd un yn Templeshambo lle mae adfeilion a mynwent Capel Colman. Yr oeddwn wedi darllen amdani eisoes yng ngwaith Gerallt Gymro. Darganfyddais un ar hap trwy benderfynu, ar ôl astudio map a gweld yr enw Gwyddeleg Tobar arno (sy'n golygu ffynnon), bod yn rhaid bod ffynnon yno. Wedi pasio iet ar y ffordd gydag arwydd tuag at y ffynnon cyrhaeddais fynwent, sydd eto yng nghanol cae, a deuthum o hyd i'r ffynnon trwy ddilyn sŵn y nant fechan ar ochr y cae. Cerddais tuag at gornel y cae, mynd trwy iet a dilyn llwybr bach arall trwy goedwig gyda blodau iris melyn yn tyfu ynddi. O'r diwedd cyrraedd ffynnon Sant Mochain oedd wedi gorchuddio yn 1921 yn ôl plac ar do ei strwythur concrit bychan.

Os teimlir mai safleoedd cyfrinachol yw'r rhain mae 'na reswm da am hynny. Datblygodd yr arfer o gynnal 'pattern days' neu wyliau mabsant wrth ymyl ffynhonnau sanctaidd yn ystod amser y diwygiad a'r gwrthddiwygiad. Mae'r rhain yn cymryd ffurf cyfres o weithredoedd arbennig er mwyn talu teyrnged i sant penodol. Daeth y cysylltiad gyda ffynhonnau yn fwy pwysig yng nghanol yr ail ganrif ar bymtheg pan waharddwyd addoli Catholig yn gyfan gwbl gan y Deddfau Penyd. Er gwaethaf y gwaharddiadau yma goroesodd safleoedd y ffynhonnau. Enghreifftiau o weithredoedd penodol oedd symud o'r dwyrain i'r gorllewin gan ddilyn symudiad yr haul, penlinio, golchi'ch dwylo, eich talcen a'r rhan o'r corff a oedd yn dioddef, gwneud arwydd y groes, cymryd sip o'r dŵr ac yn olaf cario'r dŵr adre.[5] Yn Llwch Garmon un o'r ffynhonnau mwyaf amlwg yw'r un sydd wedi ei chysegru i Dewi, nawdd sant Cymru. Mae datblygiad y ffynnon wreiddiol yn cael ei gysylltu gyda threfedigaeth Gymreig gynnar. Datblygodd y ffynnon i fod yn safle pererindod. Cynhaliwyd gŵyl fabsant ger Ffynnon Dewi hyd at yr 1840au. Ail-ddechreuodd y traddodiad yn 1910 wedi i'r ffynnon, sydd yn Oylegate, cael ei hadnewyddu.[6] Efallai byddai'n gwneud synnwyr i mi ryddhau y dŵr yr oeddwn i wedi'i gario ar draws y môr o ffynnon Eglwys Dewi Sant, Bridell i'r ffynnon hon.

Mae Dewi Sant yn adnabyddus am ei gysylltiad gyda dŵr – mae'n cael ei alw 'y dyfrwr' oherwydd ei fywyd asgetig a'i deithiau dros y môr i Lydaw ac i Iwerddon. Ond roedd gan ei ddisgybl Aidan a adnabyddir fel 'yr un tanllyd' cysylltiadau gwyrthiol gyda dŵr hefyd. Sefydlu ffynnon yn Ferns yw un o'i wyrthiau mwyaf adnabyddus. Mae'n gysylltiedig â sefydlu'r mynachdy yn y seithfed ganrif. Dyma'r stori.[7] Yn Fearna pan oedd y mynachdy yn cael ei adeiladu cwynodd ei ddisgyblion nad oedd digon o ddŵr yn agos at y safle. Yn dilyn gweledigaeth gorchmynodd Aidan iddynt gwympo coeden – gwernen fawr. (Y gair Gwyddelig am Ferns yw Fearna sy'n golygu gwernen). Wrth fwrw'r goeden gyda bwyell tarddodd ffynnon o'i gwreiddiau. Mae 'na ffynnon yn llifo hyd at heddiw ond nid ffynnon Aidan yw hon. Diddorol yw nodi bod hon wastad wedi cael ei galw'n ffynnon Mogue. Y cysylltiad rhwng yr enwau amgen Aodhán a Mogue yw'r enw Aodh sydd yn cyfateb i 'Hugh' yn Saesneg, ac sy'n deillio o hen air sy'n golygu tân – oddi yno daw'r llysenw 'yr un tanllyd'. Mewn Gwyddeleg mae'r ôl-ddodiad -án yn golygu 'bychan' ac mae'r ansoddair 'óg' yn golygu ifanc. Mo Aodh Óg ydy 'fy Aodh ifanc i' ac Aodh-án ydy 'Aodh bychan' – y ddwy yn ffurfiau annwyl agos atoch. Mae 'na stori arall sy'n gysylltiedig gyda ffynnon Mogue sydd eto'n cyfuno'r domestig gyda'r sanctaidd. Ar ôl sefydlu'r ffynnon daeth menywod lleol i olchi eu dillad. Roedd Aidan yn anfodlon ar hyn a gofynnodd iddynt adael y lle ac i beidio â dychwelyd ond dywedodd un ohonynt bod y lle yn perthyn iddynt ac roedd y dŵr yn eiddo iddynt i'w ddefnyddio. Parhaodd y fenyw i olchi'i dillad gyda'i thraed ond ar unwaith aeth ei thraed yn sownd i'r dillad ac i'r cerrig oddi tanynt gan wneud iddi deimlo'n hollol ddi-rym a diymadferth. Ar ôl ymdrech ddiffrwyth i'w rhyddhau ei hun aeth ei thad at Maodhog ac erfyn arno i faddau i'w ferch a pheri iddi gael ei rhyddhau. Gweddïodd Maodhog yn daer mewn distawrwydd a chafodd y ferch ei rhyddhau.

Cafodd ffynnon Mogue ei gorchuddio gyda gorchudd cywrain, gwaith oedd yn rhan o brosiect lliniaru newyn yn 1847. Defnyddiwyd meini oedd wedi cael eu casglu o adfeilion eglwys Cloone sydd ychydig o filltiroedd i ffwrdd. Mewn cyfnod mwy diweddar mae safle'r ffynnon wedi cael ei symud er mwyn diogelwch – mae ei safle gwreiddiol yn rhan o'r bont sydd yn mynd dros yr heol ac mae traffig trwm amaethyddol yn ei chroesi yn aml. Mae Ferns heddiw yn ganolfan ar gyfer cynhaeaf y grawn a dyma lle mae ffermwyr yr ardal yn dod a'u cynnyrch i gael ei brisio a'i ddosbarthu. Dyma hefyd fan cychwyn pererindod newydd sy'n tynnu ysbrydoliaeth o'r berthynas rhwng Dewi Sant y dyfrwr a Mogue. Ai dyma lle dylwn fod wedi tywallt fy nŵr? Pan gasglais y dŵr o Eglwys Dewi Sant defnyddiais gragen llygad maharen fel sgŵp bychan i drosglwyddo'r dŵr i'r botel. Er mai cragen fylchog yw'r gragen sy'n cael ei chysylltu gan amlaf gyda phererindod roeddwn i wedi gweld rhaglen ddogfen am y newyn yn Iwerddon a chlywed hanes pobl yn cofio sŵn y naddu ar draethau'r gorllewin wrth i bobl drio cael y llygaid meheryn oddi ar y creigiau er mwyn eu bwyta a thorri eu newyn. Roedd meddwl am y sŵn hwn yn tyllu fy nychymyg. Mae 'na syniad bod y cregyn hyn yn sownd wrth graig ond mewn gwirionedd mae gan gragen llygad maharen droed a phan fydd y llanw'n iawn maent yn gallu cerdded a symud o'u gwirfodd eu hun.

Ta uisce riachtanach
Mae dŵ

Nid oedd newyn creulon yn effeithio ar Gymru yn y ddeunawfed ganrif ond yr oedd prinder dŵr yn achosi pryder. Mae cofnod mewn papurau newydd am gyfnod o sychder yn 1893 gyda ffermwyr yn mynd heb dŵr am fisoedd ac adroddiadau am wartheg yn marw yn llu yn Sir Benfro.[8] Yn ôl un adroddiad doedd, 'Dim diferyn o ddŵr i ddyn nac anifail.' Mae Keir Waddington yn nodi bod rhai ffynhonnau nad oeddynt yn ffynhonnau confensiynol wedi cael eu defnyddio yn y cyfnod hwn. I'r sawl a oedd yn byw yn y Gymru wledig doedd dim dewis ond troi at ffynhonnau dŵr ymylol, a allai fod wedi cael eu haflonyddu a'u llygru.[9] Mae cwpled gan fardd ag iddo gysylltiadau cryf â gogledd Sir Benfro, y Crynwr Waldo Williams, yn dweud:

> Cadwn y mur rhag y bwystfil,
> cadwn y ffynnon rhag y baw.[10]

Mae'r geiriau yn ddiweddglo grymus i'w gerdd '*Preseli*' sy'n dathlu gwerthoedd ei ardal yng nghanol yr ugeinfed ganrif mewn gwrthwynebiad i'r pethau a oedd yn fygythiad dirfodol i ffordd o fyw fel roedd y bardd yn gyfarwydd â hi gan gynnwys ymdrech i filitareiddio tirlun a chlirio ffermydd o'r ardal trwy goedwigaeth. Hynny yw, gweithredoedd oedd â'r potensial i newid i'r eithaf gymunedau Gogledd Sir Benfro. Dyma oedd yr adeg y symudodd rhieni fy mam o Loegr i ffermio yn yr ardal hon.

Mae Llwch Garmon a Carlow ymhlith y siroedd yn Iwerddon sydd bellaf o'r Gaeltacht. Yn sgîl hyn, fel plentyn sydd wedi dysgu'r Gymraeg fel ail iaith roeddwn yn aml wedi dyfalu a siaradodd fy nhad-cu Gwyddelig yr iaith Wyddeleg? Yn ôl Rossiter yn ei *Little Book of Wexford* cafodd pregethau bedydd esgob eu cyflwyno yn yr iaith Wyddeleg yn 1753 mewn chwe lleoliad yn Llwch Garmon. Awgryma hyn bod yr iaith yn cael ei deall ar y pryd a bod galw am ei defnydd.[11] Yr adeg honno codwyd capel Catholig newydd mewn pentref bychan o'r enw Oulart. Yno, tu fas i Gapel Sant Mochua rwy'n cwrdd â Brian O'Cleirigh, hanesydd lleol sydd wedi dysgu'r iaith Wyddeleg yn rhugl fel oedolyn ac wedi mynd ymlaen i weithio fel cyfieithydd yn y Dâil Eireann ac sy'n parhau i ddysgu'r iaith i blant yr ardal hyd at heddiw. Capel Sant Mochua oedd eglwys Gatholig y pentref ond ar ôl codi'r eglwys newydd yn ei hymyl cafodd ei defnyddio fel ysgubor ar gyfer gwartheg ac aeth yn adfail. Cafodd yr adeilad ei adfer yn 1998, adeg dathliadau daucanmlwyddiant y gwrthryfel yn Llwch Garmon. Mae'r ddau gafn wrth ymyl mynediad y capel, a oedd ar un adeg yn dal dŵr i'r da, unwaith eto'n cyflawni eu swyddogaeth sanctaidd. Rwy'n gofyn i Brian a oes cysylltiad rhwng Mogue fel enw'r sant a Boolavogue enw'r gân – yr ateb oedd 'wes'! Mae Boolavogue yn dod o'r Wyddeleg a'i ystyr yw, 'man godro Mogue'. Nid cân yn unig yw Boolavogue, ond lle hefyd.

Ar bwys capel Sant Mochua mae Brian yn dangos bedd i mi. Yma claddwyd chwech o bobl a fu farw yn ystod brwydr a ymladdwyd ar fryn uwchlaw'r pentref yn 1798. Mae Brian wedyn yn fy ngyrru at gofeb sydd wedi cael ei gosod ar y bryn hwnnw. Mae'n gofeb goncrit sy'n cyfleu siambr gladdu ac a elwir yn Tulach a' tSolais, coffâd o wrthryfel 1798 fel gweithred o'r oleuedigaeth Ewropeaidd. O fryn Oulart cewch olygfeydd anhygoel tuag at Bryn Finegr a Mynydd Leinster ac i'r gorllewin hefyd tuag at Blackwater, Môr Iwerddon ac ar ddiwrnod pan mae'r amodau atmosfferig yn ffafriol mae hyd yn oed yn bosib gweld Cymru. Ar y ffordd i mewn i'r gofeb mae yna gyfres o feini gwenithfaen o Leinster sy'n nodi'r sawl a gollodd eu bywydau ar safle Oulart a phob digwyddiad arall yn y gwrthryfel. Fe wnaeth brwydr bryn Oulart arwain at gyfres o lwyddiannau i wrthryfelwyr 1798 ond cawsant eu trechu tua mis wedyn ar Fryn Finegr. Mae'r holl hanes yn cael ei adrodd yn y faled Boolavogue. Tu mewn i'r gofeb mae Brian yn dangos darn o bapur i mi. Mae'n ei gario gydag e bob amser – mae'n ddyfyniad o Ddatganiad o Hawliau'r Dinesydd gan Weriniaeth Ffrainc ym 1792 sy'n sôn am ryddid yn y têrmau canlynol: *Liberty consists of the freedom to do everything which injures no-one else. The exercise of the natural rights of each person has no limits except those limits which assure to the other members of society the enjoyment of the same rights … these rights can only be established by law.*

Yn 1916 meddianodd grŵp o chwyldroadwyr y swyddfa bost yn Nulyn a chyhoeddi gweriniaeth newydd. Methodd y chwyldro a lladdwyd yr arweinwyr mewn cyfres o ddienyddiadau a greodd ferthyron. Y safle olaf mae Brian yn fy nhywys i iddi yw cofeb ar gyfer canmlwyddiant y digwyddiad yna – pentwr o gerrig mae e'n cyfeirio ato fel bedd cwrt ar ôl yr arfer neolithig. Mae'n sefyll ar gyffordd sy'n cysylltu hen bentref canoloesol Oulart gyda'r pentref presennol. Ar flaen y gofeb mae plât efydd gyda datganiad Poblacht na hÉireann wedi ei ysgythru arno a hefyd enwau'r llofnodwyr – arweinwyr y gwrthryfel a ddienyddiwyd. Mae Brian yn gofyn i mi ystyried y datganiad yma eto. Rwy'n dweud wrtho bod gen i gopi o'r datganiad ar wal fy ystafell wely pan oeddwn yn fy arddegau. Rwy'n sôn wrtho am fy nhad-cu Gwyddelig ac ar brynhawn o law mân mae fy nagrau yn llifo ac rwy'n dweud, "Roeddwn i eisiau adnabod y lle 'ma." Wedyn rwy'n sôn am fy ngweithred o gario dŵr o'r ffynnon yng Nghymru er mwyn ei gydgymysgu gyda dŵr ffynnon yn Llwch Garmon. Wrth glywed fy hanes mae Brian yn fy ngwahodd i roi'r dŵr yn ffynnon Tobarmaclúra, sef ffynnon Mochua. Roedd Mochua yn olynydd i Mogue.

> *Tá an bhó ag dul go dtí an tobar*
> Mae'r fuwch yn mynd at y ffynnon

Ar 22 Mehefin 2022 dychwelais i Lwch Garmon er mwyn mynychu digwyddiad yng Nghilboya, ger Oulart i ddathlu ailddarganfod ffynnon Tobarmaclúra. Hwn oedd dydd gwyl mabsant Sant Mochua. Roedd y ffynnon yn cael ei chydnabod yn arbennig am ei gallu i roi iachâd i anhwylderau'r llygaid. Ffynnon syml oedd hon, wedi ei hail-ddarganfod yn ddiweddar trwy weld ei henw Gwyddeleg ar fap. Mae'r ffynnon yn codi ar dir amaethyddol, cae gwartheg, a'r gwartheg tan yn ddiweddar, yn ymdrybaeddu yn y mwd wrth ddiwallu eu syched. Nawr mae'r ffynnon wedi cael ei gwarchod gan gylch o goncrid sydd ar yr olwg cyntaf yn debyg i gafn gwartheg. A dyma lle tywalltais fy nŵr tra roedd y band yn canu Boolavogue.

Yn ôl Walter L. Brenneman mae'r rhan fwyaf o'r iachâu sy'n gysylltiedig â ffynhonnau sanctaidd yn Iwerddon yn ymwneud â'r llygaid. Mae'n sôn bod y traddodiad mytholegol Gwyddelig yn cysylltu'r llygad gyda doethineb, hynny yw y gallu i 'weld' i fewn i ystyr pethe. Daw doethineb, fel y daw iachâd i'r llygad, wrth i'r elfennau sydd wedi cael eu gwahanu trwy salwch neu anaf ddod at ei gilydd unwaith eto.[12]

Ar y ffordd adre o Tobamaclúra mae Declan, sydd hefyd yn teithio gyda ni, yn gofyn a allwn ni stopio wrth y fynwent yn Oulart. Roedd yn ddwy flynedd i'r diwrnod ers iddo golli ei fam. Rydyn ni'n crwydro'r fynwent ac yn sefyll wrth y bedd ac mae'r offeiriad yn gweddïo'n ddistaw. Wedyn rydym yn cerdded o gwmpas y cerrig bedd. Mae Brian yn adnabod llawer ohonynt. Ac roedd y Tad du Wall wedi claddu sawl un ohonynt. Mae 'na ddynion eraill yn trin ac yn tacluso'r beddau. Wrth basio un garreg fedd rwy'n gweld dyfyniad o waith yr undodwr Ralph Waldo Emerson:

'Do not go where the path may lead,
Go where there is no path and leave a trail'.

Er mwyn darganfod ffynhonnau rhaid i chi beidio ag ofni gadael y llwybr

Y diwrnod wedyn mae Brian yn trio dangos un safle sanctaidd arall i mi – St Vauk's yn agos at Carnsore Point ond mae'r amser yn rhuthro heibio ac mae angen gadael i ddal y cwch. Gyda'r amser yn brin rydyn ni'n parcio uwchben y harbwr ac mae Brian yn sôn am ddod yma yn y gorffennol er mwyn marcio traethodau ei ddisgyblion ac er mwyn cael dihangfa o'i bedair wal. Pan gyrhaeddais adre ymwelais unwaith eto â'r ffynnon lle casglais y dŵr, Ffynnon Bridell, wrth ymyl Eglwys Dewi Sant. Ers i mi gasglu'r dŵr roedd gwartheg wedi bod yn y cae ac roedd ôl eu traed i'w weld yn y tir gwlyb. Roedd hi'n amser i ysgrifennu fy nhraethawd i.

Ym mis Mehefin 2022, teithiais o ogledd Sir Benfro, ar draws Môr Iwerddon ac i Lwch Garmon. Roedd gen i botel fach o ddŵr roeddwn wedi ei thynnu o ffynnon ger eglwys yn Sir Benfro a gysegrwyd i Ddewi Sant. Dyma'r eglwys lle cefais i fy medyddio. Mae gen i lun o'r achlysur a dynnwyd yn y fynwent y tu allan i'r eglwys. Yn y llun, mae fy nhad-cu ar ochr mam yn fy nal ac wrth ei ochr, saif fy nhad-cu arall. Hwn yw'r unig lun sydd gen i o Denis Joseph O'Neill, fy nhad-cu Gwyddelig.

In June 2022 I travelled across the Irish sea from north Pembrokeshire, west Wales to Wexford. I carried with me a small bottle of water I had drawn from a well next to a church in Pembrokeshire dedicated to Saint David. This was the church where I was baptised. I have a picture taken on the day in the graveyard outside the church. In the picture I am being held by my maternal grandfather and at his side my other grandfather stands – the only picture I have of my Irish grandfather, Denis Joseph O'Neill.

I mí an Mheithimh 2022, chuaigh mé trasna Mhuir Éireann ó thuaisceart Sir Benfro na Breataine Bige go Loch Garman. I mo sheilbh agam bhí buidéal beag uisce a líon mé ag tobar in aice le heaglais in Sir Benfro atá tiomnaithe do Naomh Dáibhí. San eaglais sin a baisteadh mé. Tá grianghraf agam den lá sin. Sa reilig lasmuigh den eaglais a tógadh é. Táimse le feiceáil i mbaclainn mo sheanathar ar thaobh mo mháthar. Tá mo sheanathair eile ina sheasamh in aice leis – is é seo an t-aon phictiúr atá agam de, mo sheanathair Éirennach, Denis Joseph O'Neill.

Drawing from the Well

Since pre-Christian times people have travelled to wells for healing. With the coming of the new faith the holiness of wells came to be associated with their proximity to ecclesiastical sites such as monasteries. For material reasons perhaps, in that water is essential to daily life. There is thinking that wells became even more important because of the need for water for the Christian rite of baptism.[1] Whilst researching the history of holy wells in Wales and Ireland I read that some wells could be visited in conjunction with others reflecting, 'a notion that residents saw their mutual welfare as connected through treatment of their respective wells' – individual wells could connect regionally and beyond regions, even across nations.[2] I read also of a tradition in the context of baptism of collecting water from the well nearby in order to fill the church's baptismal font, with hymns being sung as the water was carried.[3]

In June 2022 I travelled across the Irish sea from north Pembrokeshire, west Wales to Wexford. I carried with me a small bottle of water I had drawn from a well next to a church in Pembrokeshire dedicated to Saint David. This was the church where I was baptised. I have a picture taken on the day in the graveyard outside the church. In the picture I am being held by my maternal grandfather and at his side my other grandfather stands – the only picture I have of my Irish grandfather, Denis Joseph O'Neill. I also travelled to Ireland with a song in my head, a ballad with the title Boolavogue. The ballad recalls the history of Father John Murphy, a priest who took part in the 1798 rebellion when the United Irishmen proclaimed a short-lived Republic in Wexford following a series of battles. The Father was later killed at Tullow, County Carlow after being captured following the rebels defeat at the Battle of Vinegar Hill. Denis

Joseph O'Neill left Tullow, Carlow in the 1940s and never returned to
Ireland. He carried this song and bequeathed it to me – a precious echo of
my Irish heritage. A ballad can also be considered a hymn.

Before making my trip I had visited several places marked as holy
wells in north Pembrokeshire. Of the ones I had tried to find it was clear
that they weren't visited often and were not particularly cared for. The
situation seemed different in Wexford. In his book *The Little Book of
Wexford* Nicky Rossiter records that there are at least 120 holy wells
in the county.[4] I visit several. The one in the middle of forestry by the St
Columbanus way, on the border between Wexford and Carlow. The one
at the end of a path through a barley field, the path having been created
through the crop being sprayed. The one at Templeshambo near the ruins
of Capel Colman which I had read about in the work of Gerald of Wales. The
one I find by accident after studying the map and knowing enough Irish to
know that tobar means well – passing a gate with a sign to the well and on
finding a graveyard, again in the middle of a field, I finally find the well by
following the sound of a small stream at the side of the field through a gate
in the corner, and along another narrow path through a wood with yellow
irises until I arrive at the well, St Mochains, covered in 1921 according to
the plaque on the roof of its small concrete structure.

If there is a sense that these are revered and secret places there
is a profound reason for this. The practice of holding 'pattern days' at
wells developed at the time of the reformation and counter reformation.
Pattern days took the form of particular actions carried out in order to
pay homage to particular saints. The association of patterns with wells
grew stronger still in the middle of the seventeenth century when Catholic
worship was prohibited through the imposition of the Penal Laws. Despite
these prohibitions the wells survived. Examples of particular activities
associated with marking the pattern included moving from east to west
following the movement of the sun, kneeling, bathing hands, forehead
and any afflicted body part, making the sign of the cross, taking a sip of
the water and finally carrying the water home.[5] In Wexford one of the most
widely visited holy wells is the one at Oylegate, dedicated to Saint David,
the patron Saint of Wales. The well's development is connected with an

early Welsh colony and the site became a well-known place of pilgrimage. Pattern days continued here up until the 1840s and the tradition was re-instated in 1910 with the restoration of the well.[6] It would have made sense, perhaps, for me to have released the water I had carried with me from St David's Church Bridell into this well.

Saint David may be known for his connection with water, often being referred to as the 'waterman' from his many sea journeys between Wales, Brittany and Ireland and his ascetic lifestyle but his pupil Aidan, the fiery one, had his own miraculous connections with water too. The foundation of the well at Ferns by Saint Aidan is associated with the founding of his monastery in the seventh century. The story runs like this.[7] In Ferns when the monastery was being built the monks complained that there was not enough water close to the site. After a vision Aidan commanded them to cut down a large tree – an alder. [The Irish name for Ferns is 'Fearna' meaning 'Alders']. As the tree was struck with an axe a fountain gushed forth from the roots of the tree. There is a well there to this day but, interesting to note, not Aidan's; locally it has always been called Mogue's Well. The link between the alternative names Aodhán and Mogue is actually the name Aodh, equivalent to the English 'Hugh' and derived from a very old word meaning fire – hence the fiery one. In Irish the suffix -án means 'little' and the adjective 'óg' means young. Mo Aodh Óg is 'my young Aodh' – and Aodh-án is 'little Aodh'; both terms of affection and endearment. There is another story associated with Mogue's Well that connects the sacred with the domestic. After discovering the well local women came to wash their clothes in the water. Aidan was displeased with this and ordered them to leave the place and not to return, but one of them said that the place belonged to them and the water was theirs to use. The woman continued to wash her clothes with her feet but her feet got stuck to the clothes and to the stones underneath. After a fruitless effort to free herself her father went to Mogue and begged him to forgive his daughter and cause her to be released. Mogue prayed fervently in silence that the girl would be released and she was.

Mogue's well was covered with an elaborate hood through a famine relief project in 1847 using stone that was taken from Clone Church, now a ruin which stands a few miles away. In more recent times the well head has been moved and re-directed for safety – the original well head is in the middle of a road bridge where heavy agricultural traffic crosses regularly. Ferns today is a centre for corn assembly where farmers bring their harvest to be graded, priced and distributed to buyers. The well is now also the starting point for a pilgrimage drawing inspiration from the relationship between Saint David the waterman and Mogue. Should I have poured my water here? When I collected the water I used a limpet shell as a scoop to transfer to my bottle. The scallop is the shell usually associated with pilgrimage however in a documentary about the famine in Ireland I heard people recalling an oral memory of the sound of chipping stone on the beaches of the west as people tried to dislodge limpets in order to eat them and sate their hunger. The image of this sound pierced my imagination. There is an idea that limpets are glued to the stone they reside on but in truth limpets have feet and when the tide is amenable they are able to move of their own volition.

Tá uisce riachtanach
Water is essential

Wales did not suffer such a brutal famine in the nineteenth century but the country did experience concerning periods of water shortage especially in rural areas. Newspapers recorded a period of drought in 1893 with farmers going without water for months and reports of cattle dying in droves in Pembrokeshire.[8] According to another report, 'there was not a drop of water for man nor beast'. In an article discussing these events Keir Waddington notes at this time wells were turned to that were not always wells in the conventional sense. For those who lived in rural Wales there was little option but to turn to these marginal water wells, wells which may have been disturbed or polluted.[9] A couplet written in the middle of the twentieth century by the Quaker poet Waldo Williams, who is strongly associated with Pembrokeshire, runs:

Cadwn y mur rhag y bwystfil,
cadwn y ffynnon rhag y baw.

tr. Keep the wall from the brute,
Keep the spring clear of filth.[10]

The words are a powerful closure to his poem 'Preseli' which celebrates the values of his area in opposition to the events that posed an existential threat to its way of life as the poet knew it at that time, including an attempt to militarise the landscape and the clearing of farms through forestry, actions that had the potential to radically change the livelihoods and communities of north Pembrokeshire. It was at this time that my maternal grandparents moved to this area from England to farm.

Wexford and Carlow are amongst the counties in Ireland that are the furthest from the Western Gaeltacht it's possible to be. In the light of this and as a child who learnt Welsh as a second language I have often wondered, did my Irish Grandfather speak Irish? According to Rossiter and his little book of Wexford, confirmation sermons were delivered in the Irish language in six locations in the county in 1753, suggesting at that time the language was understood and moreover in demand.[11] At that time a new Catholic chapel was built in a small village called Oulart and there at St Mochua's Chapel I met Brian O'Cleirigh, a local historian who has reached fluency in the Irish language as an adult and has gone on to work as a translator in Dáil Eireann and continues to teach the language to the children of this area to this day. Sant Mochua's Chapel was originally the village's Catholic church but after a new church was built beside it, it fell into disrepair and was then used as a barn for cattle. The building was restored in 1998 at the time of the bicentenary commemorations of the Wexford rebellion. The two stoups next to the entrance of the chapel which at one time might have been used as troughs by the cows are to be seen again in their holy function. I ask Brian if there is a connection with Mogue the saint's name and Boolavogue the name of the ballad I carry – and lo! There is. Boolavogue is an anglicisation of the Irish Buaile Mhaodhôg – it means 'Mogue's milking place'. Boolavogue isn't just a song, it's a place too.

At the side of the chapel Brian shows me a grave. Here six people lie buried who died during a battle that took place in 1798 on a hill above this village. Brian then drives me to a memorial on that hill which he had no small hand in installing, a concrete rendering of a burial chamber called Tulach a' tSolais, a commemoration of the rebellion of 1798 as an act of the European Enlightenment. From Oulart Hill there are incredible views towards Vinegar Hill and Mount Leinster and to the west towards Blackwater, the Irish Sea and on the occasion of particular atmospheric conditions it might even be possible to see Wales. On the way into the monument a series of boulders of Leinster granite represent those who lost their lives on the site and the locations of other events of the uprising. Victory at the Battle of Oulart led to a series of successes for the rebels of 1798 until their final defeat a month later at the battle of Vinegar Hill. The rising is eulogised in the ballad Boolavogue. Inside the monument Brian also shows me a piece of paper he carries with him – a quotation from the Declaration of the Rights of the Citizen from the French republic of August 1792 which speaks of liberty in the following terms: *Liberty consists in the freedom to do everything which injures no-one else. The exercise of the natural rights of each man has no limits except those limits which assure to the other members of society the enjoyment of the same rights...these rights can only be established by law.*

In 1916 a group of revolutionaries took over the post office in Dublin and proclaimed a new republic. The rebellion failed and the leaders were killed in a series of executions that created martyrs. The last site Brian guides me to is a monument to the centenary of that event – a pile of stones he refers to as a court tomb after the neolithic practice. It stands at a junction that connects the old medieval village of Oulart with the modern village. On the front of the memorial a bronze plate is engraved with the proclamation of Poblacht Na hÉireann and the names of the signatories – the leaders who were executed. Brian asks me to consider the proclamation again. I tell him I had a copy of the proclamation on my bedroom wall when I was a teenager. I tell him about my Irish grandfather and on a drizzly wet afternoon my tears flow and I burst out, 'I wanted to know this place.' I tell Brian about my act of carrying the water from the well in Wales to mix with well water here in Wexford, and hearing my story Brian invites me to put my water in Tobarmaclúra, the well of St Mochua. Mochua was Mogue's successor.

> *Tá an bhó ag dul go dtí an tobar*
> The cow is going to the well

On 22 June 2022 I returned to Wexford to attend an event in Killagowan townland near Oulart to celebrate the reinstatement of Mochua's Well, known in Irish to this day as Tobarmaclúra. This was the traditional day of Mochua, the day of his pattern. This well was known especially for its ability to cure ailments of the eye. This is a simple well, recently re-discovered through being identified by its Irish name on a map. It rises on farmland, a cattle field, the cows only very recently having trampled in its mud while quenching their thirst. Now the well is protected by a ring of concrete which at first sight is not so far from being a cattle trough.

Here is where I poured my water and the band played Boolavogue.

According to Walter L. Brenneman many of the healings associated with the holy springs of Ireland are healings of the eyes. He mentions that Irish mythological tradition connects the eye with wisdom, to 'see' into the meaning of things. Wisdom as healing of the eyes comes as elements that have been separated through illness or injury come together once again.[12]

On the way home from Tobamaclúra our travelling companion, Declan, asks if we can stop at the cemetery in Oulart. It is two years to the day since he lost his mother. We walk through the cemetery and stand at her grave where the priest says a silent prayer. Then we wander around the gravestones. Brian knows many of the names. And Father du Wall will have seen many of them buried. There are other men who are tidying and tending graves. Passing one headstone I read the following words from the work of the writer and Unitarian Ralph Waldo Emerson:

> 'Do not go where the path may lead,
> Go where there is no path and leave a trail'.

In discovering wells, you must not be afraid to leave the path.

The following day Brian tries to show me one more sacred site
– St Vauk's close to Carnsore Point – but our time is short and we need
to leave for the boat. With little time left we park above the harbour at
Rosslare. Brian tells me of parking here in the past whilst marking his
pupils' essays to escape from his own four walls. When I get home I visit
again the well at Bridell, next to St David's Church, the church where I was
baptised, where I had collected the water. Since then, there have been
cattle in the field again and their footprints are to be seen next to the wet
and muddied ground.

DRAWING FROM THE WELL

Liz Ormonde

Ar 22 Mehefin 2022, dychwelais i Lwch Garmon er mwyn mynychu digwyddiad yn Killagowan i ddathlu adfer Ffynnon Mochua a gaiff ei hadnabod hyd heddiw fel Tobarmaclúra. Nawr, mae'r ffynnon yn cael ei gwarchod gan gylch o goncrit, sydd ar yr olwg gyntaf, yn debyg i gafn gwartheg. Ac yma, wrth i'r band ganu Boolavogue, yr arllwysais i'r dŵr.

On 22 June 2022 I returned to Wexford to attend an event in Killagowan townland to celebrate the reinstatement of Mochua's Well, known in Irish to this day as Tobarmaclúra. Now the well is protected by a ring of concrete which at first sight is not so far from being a cattle trough. Here is where I poured my water and the band played Boolavogue.

Liz Ormonde

Liz Ormonde

An 22 Meitheamh 2022, d'fhill mé ar Loch Garman chun comóradh a dhéanamh ar athchóiriú Tobar Mochua, ar a dtugtar Tobarmaclúra mar ainm gaelach freisin, i mbaile fearainn Chill an Ghabhann. Cuireadh fáinne cosanta concréite timpeall ar an tobar, rud nach bhfuil ró-éagsúil le trach do bheithígh. Is ann a dhoirt mé an t-uisce fad is a sheinn buíon cheoil 'Buaile Mhaodhóg'.

Liz Ormonde

Ag Tarraingt ón Tobar

Ó ré na réamh-Chríostaíochta i leith, tá daoine ag triall ar thoibreacha chun leigheas a fháil. Nuair a tháinig an creideamh nua, rinneadh ceangal idir na toibreacha agus na hionaid eaglasta a bhí lonnaithe in aice leo, mainistreacha, cuirim i gcás. Is dócha gurb ar chúiseanna ábharacha a lonnaíodh sna háiteanna sin iad ar dtús, ós rud é go mbíonn uisce riachtanach ó lá go lá. Ina dhiaidh sin, meastar gur bhain tábhacht níos mó le toibreacha i ngeall ar an ngá le huisce don bhaisteadh Críostaí.[1] Le linn dom taighde a dhéanamh ar stair na dtoibreacha beannaithe sa Bhreatain Bheag agus in Éirinn, léigh mé go dtugtaí cuairt ar thoibreacha ceann i ndiaidh a chéile, rud a léiríonn gur shíl pobail gur bhain a leas coiteann leis an gcaoi a gcaití lena dtoibreacha faoi seach agus go mbíodh nasc idir toibreacha ar bhonn réigiúin, ó réigiún go réigiún agus ó náisiún go náisiún, fiú.[2] Léigh mé freisin faoi nós a bhíodh ann uisce a bhailiú ó thobar na háite chun umar baiste na heaglaise a líonadh agus a iomainn á gcanadh ar feadh an ama.[3]

I mí an Mheithimh 2022, chuaigh mé trasna Mhuir Éireann ó thuaisceart Sir Benfro na Breataine Bige go Loch Garman. I mo sheilbh agam bhí buidéal beag uisce a líon mé ag tobar in aice le heaglais in Sir Benfro atá tiomnaithe do Naomh Dáibhí. San eaglais sin a baisteadh mé. Tá grianghraf agam den lá sin. Sa reilig lasmuigh den eaglais a tógadh é. Táimse le feiceáil i mbaclainn mo sheanathar ar thaobh mo mháthar. Tá mo sheanathair eile ina sheasamh in aice leis – is é seo an t-aon phictiúr atá agam de, mo sheanathair Éireannach, Denis Joseph O'Neill. Bhí amhrán ar m'intinn agus mé ag dul go hÉirinn, bailéad dar teideal 'Boolavogue'. Déantar cur síos sa bhailéad ar scéal an Athar Seán Ó Murchú, sagart a ghlac páirt in Éirí Amach 1798 inar fhorógair na hÉireannaigh Aontaithe

Poblacht i Loch Garman tar éis sraith cathanna, poblacht nár mhair i bhfad. Maraíodh an tAthair Ó Murchú sa Tullach i gCeatharlach nuair a gabhadh é tar éis chliseadh na reibliúnach ag Cnoc Fhiodh na gCaor. D'fhág Denis Joseph O'Neill an Tulach i gCeatharlach sna 1940idí agus níor fhill sé riamh ar Éirinn. Thug sé leis an t-amhrán sin agus thug sé domsa é – iarsma luachmhar de m'oidhreacht Éireannach. D'fhéadfadh bailéad a bheith ina iomann freisin.

Roimh an aistear, thug mé cuairt ar roinnt toibreacha beannaithe i dtuaisceart Sir Benfro. Bhí drochbhail ar chuid acu agus ba léir nach mbítear ag triall orthu go minic a thuilleadh. Níorbh amhlaidh an scéal i Loch Garman. Sa leabhar *The Little Book of Wexford*, deir Nicky Rossiter go bhfuil 120 tobar beannaithe ar a laghad sa chontae.[4] Thug mé cuairt ar roinnt díobh. Ceann ar thalamh foraoise i ngar do Shlí Cholumbáin ar an teorainn idir Loch Garman agus Ceatharlach. Ceann ag deireadh cosáin trí ghort eorna, cosán a rinneadh trí na barra a spraeáil. Ceann ag Teampall Seanbhoth in aice fothrach shéipéal Colmáin, faoinar léigh mé i scríbhinní Giraldus Cambrensis. Ceann ar ar tháinig mé trí sheans tar éis dom léarscáil a scrúdú agus an focal *tobar* a aithint i logainm áirithe le mo bheagán Gaeilge; chuaigh mé thar gheata lenar ghabh fógra faoin tobar agus nuair a tháinig mé go reilig, i lár goirt arís, d'aimsigh mé an tobar trí ghlór srutháin bhig a leanúint ag taobh an ghoirt trí gheata sa chúinne, síos cosán caol eile trí choill lán feileastraim gur tháinig mé chuig an tobar, Tobar Macháin, a clúdaíodh in 1921 de réir plaic ar an struchtúr beag concréite os a chionn.

Má bhraitear gur áiteanna rúnda luachmhara iad seo, tá cúis thábhachtach leis sin. Tháinig nós na bpátrún chun cinn tráth an Reifirméisin agus an Fhrith-Reifirméisin. Ar laethanta pátrúin, déantar gníomhaíochtaí áirithe in ómós do naoimh áirithe. D'fhorbair an nasc idir pátrúin agus toibreacha le linn an seachtú haois déag nuair a cuireadh na Péindlíthe i bhfeidhm chun adhradh Caitliceach a chosc. D'ainneoin an choisc, tháinig na toibreacha slán. Ar na gníomhaíochtaí a bhain leis na pátrúin, tá an méid seo a leanas: gluaiseacht deisil, dul ar ghlúine, lámha, clár éadain nó ball gortaithe den chorp a ní, comhartha na croise a dhéanamh, an t-uisce a bhlaiseadh agus an t-uisce a thabhairt abhaile.[5] Is in ómós do Naomh Dáibhí, naomhphátrún na Breataine Bige, atá ceann de na toibreacha beannaithe is mó ar a dtugtar cuairt i Loch Garman, an tobar i Maolán na nGabhar. Baineann an tobar le seanchóilíneacht Bhreatnach agus b'ionad iomráiteach oilithreachta é ina dhiaidh sin. Leanadh de laethanta pátrúin san áit sin go dtí na 1840idí agus tosaíodh an nós arís in 1910 nuair a athchóiríodh an tobar.[6] Bheadh ciall leis, is dócha, dá ndoirtfinn an t-uisce a thóg mé ó Eaglais Naomh Dáibhí na Breataine Bige isteach sa tobar áirithe sin.

Tá cáil ar an nasc a bhí idir Naomh Dáibhí agus uisce; glaodh 'fear uisce' air i ngeall ar an iliomad turas a rinne sé thar sáile idir an Bhreatain Bheag, an Bhriotáin agus Éire le linn a shaol aiséitiúil. Ach bhí a ghaol féin ag a dhalta, Naomh Aodhán, le huisce chomh maith. Tá baint ag an tobar a bhunaigh sé i bhFearna leis an mainistir a bhunaigh sé sa seachtú haois. De réir an tseanchais,[7] nuair a bhí an mhainistir á tógáil, rinne na manaigh gearán nach raibh dóthain uisce i ngar don suíomh. Chonaic Naomh Aodhán aisling agus dúirt sé leis na manaigh crann mór a leagan, fearnóg go baileach. Nuair a tugadh buille den tua don chrann, bhrúcht fuarán aníos ó na fréamhacha. Tá tobar san áit sin go fóill, ach is díol spéise é nach luaitear Aodhán leis. Tobar Maodhóg ainm mhuintir na háite air. As ainm ceana ar an naomh céanna – Mo Aodh Óg – a d'eascair an t-ainm sin. Insítear scéal eile faoi Thobar Maodhóg ina bhfuil an naofacht agus saol an bhaile fite fuaite. Nuair a thángthas ar an tobar, tháinig bantracht na háite chun éadaí a ní. Ní mó ná sásta a bhí Naomh Aodhán agus dúirt sé leo an áit a fhágáil agus gan filleadh. Dúirt bean mar fhreagra gur le muintir na háite uisce na háite. Lean sí den níochán gur ghreamaigh a cosa de na héadaí agus gur ghreamaigh na héadaí den talamh. Nuair nárbh fhéadadh í a scaoileadh, chuaigh a hathair go Naomh Maodhóg agus d'impigh air í a scaoileadh. Ghuigh Maodhóg go ciúin dúthrachtach agus scaoileadh í.

Cuireadh cumhdach casta ar an tobar mar chuid d'obair fóirithinte an Ghorta Mhóir in 1847, agus úsáid á baint as cloch a baineadh ó Shéipéal Chluana atá ina fhothrach anois roinnt mílte ar shiúl. Ó shin i leith, bogadh agus atreoraíodh ceann an tobair ar mhaithe le sábháilteacht – bhíodh ceann an tobair i lár droichead a thrasnaíonn feithiclí troma talmhaíochta go rialta. Is iomaí feirmeoir a thagann go Fearna chun an fómhar a ghrádú, praghas a chur air agus é a dháileadh ar cheannaitheoirí. Is pointe tosaigh oilithreachta é anois freisin, oilithreacht spreagtha ag an ngaol idir Naomh Dáibhí an uisce agus Naomh Maodhóg. An raibh sé de cheart agam an t-uisce a dhoirteadh ansin? Nuair a bhailigh mé an t-uisce, bhain mé úsáid as sliogán bairnigh leis an uisce a chur sa bhuidéal. Luaitear an muirín leis an oilithreacht de ghnáth, ach i gclár faisnéise faoin nGorta Mór chuala mé trácht ar fhuaim an scealptha ar chladaí an iarthair tráth a rinne daoine iarracht bairnigh a bhaint chun an t-ocras a cheansú. Chuaigh an fhuaim seo go smior na samhlaíochta ionam. Meastar go mbíonn an bairneach greamaithe den charraig ach i ndáiríre tá cosa air agus tá sé in ann bogadh as a stuaim féin nuair a fheileann an taoide dó.

Tá uisce riachtanach.

Ní raibh an Bhreatain Bheag thíos le gorta uafásach den chineál céanna sa naoú haois déag ach bhí ganntanas práinneach uisce ann ag tréimhsí áirithe, go háirithe faoin tuath. Bhí cuntas i nuachtáin na linne ar thriomach in 1893 a mhair ar feadh míonna agus inar bhásaigh na ba in Sir Benfro ina dtréada.[8] De réir tuairisc eile, ní raibh braon uisce ann don duine ná don bheithíoch. In alt ina bpléitear an méid sin, tugann Keir Waddington chun suntais go ndeachtas i muinín toibreacha nach gnáth-thoibreacha a bhí iontu. Dóibh siúd a mhair faoin tuath sa Bhreatain Bheag, is beag rogha a bhí ann ach aghaidh a thabhairt ar na toibreacha imeallacha sin a bhí truaillithe nó as riocht ar bhealach eile.[9] Seo a leanas leathrann a scríobh Waldo Williams, file agus ball de Chumann na gCarad a bhfuil ceangal láidir aige le Sir Benfro, sa fichiú aois:

Cadwn y mur rhag y bwystfil,
cadwn y ffynnon rhag y baw.

Coinnigh an balla siar ón mbrúid,
Coinnigh an fuarán glan ar shalachar.[10]

Cuireann na focail sin críoch chumachtach leis an dán 'Preseli' ina dtugtar ómós do luachanna a cheantair in aghaidh na mbagairtí ar an stíl mhaireachtála a bhí ann ag an am, lena n-áirítear iarracht an dúiche a mhíleatú agus na feirmeacha a bhánú trí bhíthin foraoisí, bearta a d'fhéadfadh an saol a athrú ó bhonn do phobail thuaisceart Sir Benfro. Le linn na tréimhse céanna, tháinig tuismitheoirí mo mháthar chuig an gceantar ó Shasana chun feirmeoireacht a dhéanamh.

Tá Loch Garman agus Ceatharlach ar na contaetha is faide ar shiúl in Éirinn ó Ghaeltacht an Iarthair. Mar gheall air sin, agus ós rud é gur fhoghlaim mé Breatnais mar dhara teanga agus mé i mo pháiste, is minic gur ith sé liom: an raibh Gaeilge ag mo sheanathair Éireannach? De réir *The Little Book of Wexford* Nicky Rossiter, rinneadh seanmóir i nGaeilge i sé áit sa chontae in 1753, rud a thugann le fios go raibh tuiscint agus éileamh ar an teanga.[11] Tógadh séipéal nua in ómós do Naomh Mochua i baile beag darb ainm an tAbhallort an tráth sin agus is ann a bhuail mé le Brian Ó Cléirigh, staraí áitiúil a bhain líofacht amach sa Ghaeilge agus a d'oibrigh mar aistritheoir i nDáil Éireann agus mar mhúinteoir Gaeilge do pháistí an cheantair. Ba é séipéal Naomh Mochua an t-aon séipéal Caitliceach ar an mbaile ach, nuair a tógadh ceann nua in aice leis, tháinig drochbhail air agus úsáideadh mar scioból é. Rinneadh athchóiriú air in 1998 le linn chomóradh 200 bliain Éirí Amach 1798. Tá feidhm naofa ag an dá umar uisce coisricthe ag doras an tséipéil arís; is dócha go mbídís in úsáid mar thrachanna bó. D'fhiafraigh mé de Bhrian an bhfuil baint ag Naomh Maodhóg leis an mbailéad atá agam, 'Boolavogue' – m'anam ach go bhfuil! Ainm gallda ar an mbaile fearainn Buaile Mhaodhóg é Boolavogue. Tá níos mó ná amhrán i gceist leis mar sin.

In aice an tséipéil, thaispeáin Brian uaigh dom. Cuireadh seisear anseo a d'éag le linn cath a bhí ar chnoc os cionn an bhaile in 1798. Ansin thiomáineamar go leacht cuimhneacháin ar an gcnoc céanna, leacht ar chabhraigh Brian go mór lena lonnú ann. Leagan concréite de sheomra adhlactha atá ann darb ainm Tulach a' tSolais, agus is comóradh é ar Éirí Amach 1798 mar chuid d'Eagnaíocht na hEorpa. Ar Chnoc an Abhalloirt tá radharc dochreidte i dtreo Chnoc Fhiodh na gCaor agus Stua Laighean agus soir i dtreo na hAbhann Duibhe, Mhuir Éireann agus cá bhfios nach féidir an Bhreatain Bheag a fheiceáil, fiú, ar laethanta geala áirithe? Ar an mbealach go dtí an leacht cuimhneacháin, tugann sraith bollán eibhir na daoine a cailleadh ar an suíomh seo agus in áiteanna eile le linn an Éirí Amach chun cuimhne. Bhí bua i ndiaidh bhua ag na reibliúnaithe i ndiaidh Chath an Abhalloirt go dtí gur buaileadh iad sa deireadh ag Cnoc Fhiodh na gCaor. Moltar an tÉirí Amach sa bhailéad 'Boolavogue'. Laistigh den leacht cuimhneacháin, taispeánann Brian bileog pháipéir dom a bhíonn ina sheilbh i gcónaí – sliocht atá ann as Forógra Chearta an Duine ó aimsir Réabhlóid na Fraince. Déantar cur síos ar an tsaoirse ann ar an gcaoi seo a leanas: *Liberty consists of the freedom to do everything which injures no-one else. The exercise of the natural rights of each man has no limits except those limits which assure to the other members of society the enjoyment of the same rights…these rights can only be established by law.*

In 1916 ghlac grúpa réabhlóideach ceannas ar Ard-Oifig an Phoist i mBaile Átha Cliath agus forógraíodh poblacht nua. Theip ar an Éirí Amach agus rinneadh mairtírigh de na ceannairí nuair a cuireadh chun báis iad. An leacht cuimhneacháin deiridh a thaispeánann Brian dom, cuireadh ann é mar chomóradh céad bliain ar an Éirí Amach sin. Carn cloch atá ann ar nós tuama cúirte Neoiliteach, a mhíníonn Brian. Tá sé lonnaithe ag acomhal a nascann seanbhaile meánaoiseach an Abhalloirt leis an mbaile nua. Ar aghaidh an leachta, tá pláta cré-umha ar a bhfuil 'Poblacht na hÉireann' agus ainmneacha na gceannairí a cuireadh chun báis greanta. D'iarr Brian orm smaoineamh ar Fhorógra na Cásca arís. Deirim leis go raibh cóip agam ar bhalla mo sheomra leapan agus mé i mo dhéagóir. Insím scéal mo sheanathar Éireannaigh dó agus sileann deora uaim an iarnóin fhliuch áirithe sin. 'Níl uaim ach cur amach ar an áit seo.' Luaim an t-uisce a thóg mé liom ó thobar sa Bhreatain Bheag lena mheascadh le huisce anseo i Loch Garman, agus iarrann Brian orm an t-uisce a chur i dTobarmaclúra, tobar Naomh Mochua. Ba é Mochua comharba Mhaodhóig.

Tá an bhó ag dul go dtí an tobar.

An 22 Meitheamh 2022, d'fhill mé ar Loch Garman chun comóradh a dhéanamh ar athchóiriú Tobar Mochua, ar a dtugtar Tobarmaclúra freisin, i mbaile fearainn Chill an Ghabhann. Lá pátrúin Naomh Mochua a bhí ann. Bhíodh tóir ar an bpátrún chun tinnis súl a leigheas. Tobar simplí atá ann ar thángthas air le déanaí nuair a aithníodh an t-ainm Gaelach ar léarscáil. Ar thalamh feirme a éiríonn sé, agus níl sé i bhfad ó sheasadh na ba i bpuiteach an ghoirt chun a dtart a mhúchadh. Cuireadh fáinne cosanta concréite timpeall ar an tobar, rud nach bhfuil ró-éagsúil le trach do bheithígh. Is ann a dhoirt mé an t-uisce fad is a sheinn buíon cheoil 'Boolavogue'.

Dar le Walter L. Brennan, is minic go mbaineann leigheas na dtoibreacha beannaithe in Éirinn le tinnis súl. I miotaseolaíocht na hÉireann, luaitear an tsúil leis an eagna, leis an 'radharc' soiléir ar bhrí na beatha. Tagann an eagna as leigheas na súl nuair a chuirtear nithe a scaradh de bharr tinnis nó gortaithe le chéile arís.[12]

Ar an tslí ar ais ó Thobarmaclúra, iarrann duine inár measc darb ainm Declan orainn stopadh leis ag reilig an Abhalloirt. Tá dhá bhliain ann ó cailleadh a mháthair. Siúlaimid tríd an reilig go seasaimid ag an uaigh agus deir an sagart paidir chiúin. Siúlaimid ar fud na reilige ansin. Is iomaí ainm a aithníonn Brian. Is iomaí sochraid ar ar fhreastal an tAthair de Bhál. Tá fir eile ann ag cur caoi ar na huaigheanna. Ar leac uaighe amháin, léim na focail seo a leanas ó pheann Ralph Waldo Emerson, scríbhneoir agus Úinitéireach:

'Do not go where the path may lead,
Go where there is no path and leave a trail'.

Chun toibreacha a aimsiú, ná bíodh eagla ort dul as bealach.

An lá dár gcionn, déanann Brian iarracht áit bheannaithe amháin eile a thaispeáint dom – áit in ómós do Naomh Feaca i ngar do Cheann an Chairn – ach is beag ama atá fágtha agus ní mór dúinn dul chuig an mbád. Faoi bhrú ama, pháirceáil muid os cionn chalafort Ros Láir. D'inis Brian dom go bpáirceálann sé ansin ó am go chéile chun aistí a dhaltaí a mharcáil in áit eile seachas a theach féin. Nuair a théim abhaile, tugaim cuairt eile ar an tobar ag Bridell, in aice Eaglais Naomh Dáibhí, mar ar baisteadh mé agus mar ar bhailigh mé an t-uisce. Idir an dá linn, is léir go raibh eallaigh sa ghort arís. Tá loirg a gcrúb le feiceáil sa chréafóg fhliuch.

Cyfeiriadau
References
Tagairtí

1   Celeste Ray, *The Origins of Irelands Holy Wells*, Oxford: Archaeopress Archaeology, 2014, t. 89.
2   Celeste Ray, ibid., t. 108.
3   Francis Jones, *The Holy Wells of Wales*, Cardiff: University of Wales Press, 1954, t. 34.
4   Nicky Rossiter, *The Little Book of Wexford,* The History Press, 2013.
5   Nicky Rossiter, ibid., t. 116.
6   *Oylegate Glenbrien: A Look Back in Time*, Glenbrien Journal Society, 2008, t. 312.
7   Mae'r fersiwn canlynol yn cael ei adrodd mewn erthygl 'Ffynhonnau Sanctaidd Llwch Garmon' gan Gearoid O'Broin a chyhoeddodd yn gylchgrawn y Wexford Historical Society 1983/1984. The following version appears in Gearoid O'Broin's article 'The Holy Wells of Wexford' published in the Wexford Historical Society 1983/84.
8   Keir Waddington, '"I should have thought that Wales was a wet part of the world": Drought, Rural Communities and Public Health, 1870–1914' in the *Social History of Medicine,* accessed online June 2022 https://core.ac.uk/download/pdf/74223707.pdf
9   Keir Waddington, ibid.
10 Waldo Williams, 'Preseli', translated by Tony Conran in *The Peacemakers*, Llandysul, Gomer, 1997, t. 112.
11 Nicky Rossiter, op. cit., t. 118.
12 Walter L. Brenneman, 'The Circle and the Cross: reflections on the Holy Wells of Ireland', *Natural Resources Journal*, Fall 2005, Vol. 45, No. 4 (Fall 2005), tt. 789–805.

Llyfryddiaeth Bibliography Leabharliosta

Brenneman, Walter L., 'The Circle and the Cross: reflections on the Holy Wells of Ireland', *Natural Resources Journal*, Fall 2005, Vol. 45, No. 4 (Fall 2005), pp. 789–805.

Jones, Francis, *The Holy Wells of Wales*, Cardiff: University of Wales Press, 1954.

O'Broin, Gearoid, 'The Holy Wells of Wexford' in *The Past*, accessed via Wexford County Council Digital Archive, http://34.251.195.239/vital/access/services/Download/vital:44382/PDF

Ray, Celeste, *The Origins of Ireland's Holy Wells*, Oxford: Archaeopress Archaeology, 2014.

Rossiter, Nicky, *The Little Book of Wexford,* The History Press, 2013.

Culleton, Edward, *Celtic and Early Christian Wexford, AD 400–1166,* Four Courts Press, 1999.

Waddington, Keir, '"I should have thought that Wales was a wet part of the world": Drought, Rural Communities and Public Health, 1870–1914' in the *Social History of Medicine,* Volume 30, Issue 3, August 2017, pp. 590–611.

Williams, Waldo (author), Tony Conran (translator), *The Peacemakers*, Llandysul: Gomer, 1997.

Bywgraffiad
Biography
Beathaisnéis

Artist, awdur a gwneuthurwr theatr o Felinwynt, Ceredigion, Gorllewin Cymru yw **Rowan O'Neill**. Mae ei hymchwil ac ymarfer creadigol yn cynrychioli ymchwiliad parhaus i iaith, hunaniaeth, lle a pherthyn sydd wedi'i ysbrydoli gan ei magwraeth mewn ardal amaethyddol wledig Gymreig. Mae ei gwaith yn aml yn defnyddio caneuon a naratif hunangofiannol fel man cychwyn ar gyfer digwyddiadau cyhoeddus a pherfformiadau cymunedol sy'n archwilio amser achyddol, ymfudo a chydgysylltiad pobl a lleoedd.

Rowan O'Neill is an artist, writer and performance maker from Felinwynt, Ceredigion, west Wales. Her research and creative practice represent a continuing investigation of language, identity, place and belonging, inspired by a rural agricultural upbringing in a predominantly Welsh-speaking community. Her work often uses song and autobiographical narratives as the starting point for public events and community performances exploring migration, genealogical time and the interconnectedness of people and place.

Ealaíontóir, scríbhneoir agus taibheoir ó Felinwynt in Ceredigion in iarthar na Breataine Bige í **Rowan O'Neill.** Fiosrúchán leanúnach ar an teanga, ar an bhféiniúlacht, ar an dúchas agus ar an oidhreacht atá ina cuid taighde agus saothar cruthaitheach. Ábhar spreagtha di an tógáil a fuair sí faoin tuath i gceantar ina labhraítear Breatnais den chuid is mó. Baineann sí úsáid rialta as amhráin agus scéalta dírbheathaisnéiseacha mar thúsphointe d'imeachtaí poiblí agus do thaispeántais phobail ina bhfiosraítear an imirce, an t-am ginealaigh agus na naisc idir an duine agus an dúiche.

Diolchiadau
Gyda diolch i Cynthia Davies, Brian Ó Cléirigh, y teulu Dempsey a chymuned Oulart.
Rowan O'Neill

Acknowledgements
With thanks to Cynthia Davies, Brian Ó Cléirigh, the Dempsey family and the community of Oulart.
Rowan O'Neill

Nóta buíochais
Buíochas le Cynthia Davies, Brian Ó Cléirigh, muintir Dempsey agus pobal an Abhalloirt.
Rowan O'Neill

Testun **Text** Téacs Rowan O'Neill

Ffotograffau oni nodir fel arall
Photographs unless otherwise credited
Grianghraif i gcás nach sonraítear a mhalairt
Rowan O'Neill

Printiau syanoteip ar y clawr a'r cloriau mewnol
Toned cyanotypes on front, inside front and inside back covers
Cianachlónna daite ar an gclúdach tosaigh agus laistigh den chlúdach
Caitriona Dunnett

Dylunio **Design** Dearadh Heidi Baker

Cyfrol 5 yn y gyfres:
Ffynhonnau Sanctaidd Llwch Garmon a Phenfro

Volume 5 in the series:
Holy Wells of Wexford and Pembrokeshire

Imleabhar 5 sa tsraith:
Toibreacha Beannaithe Loch Garman agus Sir Benfro

© Cysylltiadau Hynafol | Llwybrau Pererindod Llwch Garmon a Phenfro | Parthian Books, 2023

© Ancient Connections | Wexford-Pembrokeshire Pilgrim Way | Parthian Books, 2023

© Ceangal Ársa | Bealach Oilithreachta Loch Garman agus Sir Benfro | Parthian Books, 2023

Ymholiadau hawlfraint All copyright enquiries Gach fiosrúchán maidir le cóipcheart:
Parthian Books, Cardigan, SA43 1ED **www.parthianbooks.com**